UNE AVENTURE

DE

DON JUAN

PAR

E. DUTOUQUET

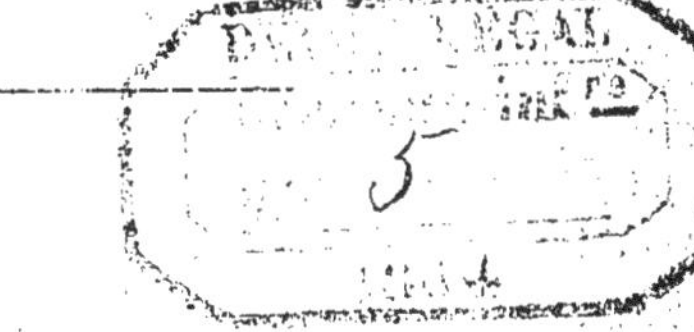

PARIS

E. DENTU, LIBRAIRE-ÉDITEUR, PALAIS-ROYAL

—

MDCCCLXIV

UNE AVENTURE DE DON JUAN

UNE AVENTURE

DE

DON JUAN

PAR E. DUTOUQUET

ROCHEFORT, TYPOGRAPHIE CH. THÈZE

MDCCCLXIV

I

FAUST.

Le docteur Faust, Don Juan sont des types vivants !
Ils ont analysé la fibre indivisible,
L'imperceptible atòme, et soumis à leur crible,
Le premier, la pensée et ses sables mouvants ;
Le second, la matière, hymne à la jouissance !
L'un et l'autre ont conquis la suprême science
De l'homme... ce monarque aux rêves décevants !

Faust sait tout !... Que de fois il a sondé l'espace !
Avide d'inconnu, son génie à l'étroit,
Se stériliserait dans le monde qu'il voit !
Un sillage de feu le fait suivre à la trace ;
Son pied frappe, aussitôt une étincelle luit !
La lumière jaillit dans la profonde nuit ;
Son souffle dévorant brûle ce qu'il embrasse !

Si Faust a, par hasard, les aspirations
Des Titans fabuleux, dont l'audace suprême
Avec témérité lutta contre Dieu même,
Son jour vient !... il se perd dans les abstractions.
Sa force le trahit... il a fait fausse route !
Il s'abîme bientôt dans les horreurs du doute,
Et ne recueille plus que des déceptions !

Le vertige l'a pris devant tant d'impuissance !
A quoi sert de fouiller les arcanes du ciel,
Si l'on doit arriver à nier le réel ?

— Faust ne croit plus à rien, pas même à l'espérance !
— Tout à coup Marguerite... un ange rédempteur,
S'offre à ses yeux ravis ! — Le sceptique docteur
Tressaille... Cette étoile, est-ce sa délivrance ?

Marguerite !... doux rêve ! — Une auréole d'or
Va faire à son front chauve une chaste couronne.
O jeunesse !... ô beauté !... purs rayons que Dieu donne
Dans sa munificence... Ineffable trésor !...
Les Titans, moins heureux, après leur folle lutte,
Ne se relèvent plus !... Ecrasés dans la chûte,
Ils dorment sous le roc ! — Faust se relève encore

Son cœur pétrifié se réchauffe... Il palpite !
Son œil terne s'anime à ce riant espoir !...
Autour de lui régnait le vide. — Il va la voir,
S'enivrer de sa voix... Son sang coule plus vite.
Comme le voyageur tombé d'épuisement,
Indifférent à tout... il mourait lentement...
L'univers resplendit à ce nom : Marguerite !

La science ? dit Faust.... c'est un mot sans valeur
Qui tente notre orgueil, nargue notre faiblesse...
Des chansons, des baisers, de l'amour,... de l'ivresse !
Ta beauté rayonnante, et mon cœur sur ton cœur ! !
Voilà le seul bonheur enviable sur terre !
Que me fait l'infini ?... qu'importe son mystère ?...

Faust n'a plus que vingt ans, c'est un printemps en fleur !

II

DON JUAN.

Alerte ! l'œil au guet et la main sur l'épée !
Si le père, à la voix de sa fille trompée,
Accourt et justement veut venger son honneur,
Il faudra le tuer... fût-ce le Commandeur !

Encor du sang versé !... Leporello ton ombre,
Sur tes hauts faits, Don Juan, jette une lueur sombre.
C'est ton âme damnée... et sa complicité,
De tes exploits, souvent, fait une lâcheté.
Le véritable amour recherche le mystère,
Et ce Leporello n'a jamais su se taire !
Tromper Elvire est mal... et ce qui me déplait
Surtout, c'est de la voir le plastron d'un valet.

Don Juan charme et séduit, mais son libertinage
N'est pas, comme on croirait, toujours un badinage !
— Voyez-le tête haute et la plume au chapeau,
Le manteau sur l'épaule !... est-il rien de plus beau,
De plus noble et plus fier ?... Quelle est la femme honnête
Qui ne rêve en secret de faire sa conquête ?

Une fenêtre s'ouvre... et son œil de faucon
La fouille hardiment... Qui parait au balcon ?
Une senorita fascinée, éperdue...

En vain elle veut fuir ! Trop tard !... peine perdue !
Car le trait est fatal !... et, maître de son cœur,
A son jour, à son heure, il en sera vainqueur.

Pour Juan, vivre est jouir !... il est insatiable !
Quand sa volonté parle, il devient implacable.
Les larmes, les sanglots, les transports, les soupirs,
Loin de le désarmer, ravivent ses désirs !
Par un raffinement de volupté suprème,
Il force une cruelle à lui dire : je t'aime...
Telle qui le matin méprise son pouvoir,
L'orgueilleuse !... sera sa victime le soir !

Amour, bonheur immense, enivrante folie,
Toi qu'un lien si doux à tous les êtres lie,
Sois béni mille fois !
Quand la science expire ou que l'amitié feinte
Enserre notre cœur de sa funeste étreinte,
Amour, viens à ma voix !

III

VENISE.

(La nuit).

DON JUAN. — LEPORELLO.

DON JUAN.

Ce serait une perle ?

LEPORELLO.

Oui, seigneur, ravissante !

DON JUAN.

Elle est jeune ?...

LEPORELLO.

Seize ans !

DON JUAN.

Quoi, seize ans ?... Innocente ?

LEPORELLO.

C'est à dire que l'aube à son premier réveil,
N'a pas cette candeur aux baisers du soleil !
Des regards pénétrants, pleins d'une chaste flamme,
Doux... et provocateurs...

DON JUAN.

Tu dis vrai, sur ton âme ?

LEPORELLO.

Et sa jambe !... et son pied !... il tiendrait dans la main !
Par le pied, Andalouse !... Ah ! que le genre humain
Est grotesque et hideux près de la créature
Dont j'esquisse les traits !... Non, rien dans la nature
Ne peut s'y comparer !... On la nomme Stella...
Une étoile... égarée !... — Aimez-vous ce nom-là ?

DON JUAN (*rêveur*).

Et tu dis qu'à minuit ?...

LEPORELLO.

A minuit, excellence,

Un rustre, Antonio, trompant la vigilance

De l'argus, de la mère, a donné rendez-vous

A cet astre tombé du ciel exprès pour nous...

L'infante laissera la fenêtre entr'ouverte...

Dans ce quartier tout dort, et la rue est déserte

A minuit !... La terrasse est à six pieds du sol...

Une échelle est de trop !... Et puis, un entresol !...

Moins que rien, monseigneur, quand un troisième étage...

DON JUAN.

L'homme, tu le connais ?...

LEPORELLO.

Un garçon de courage,

Lazzarone hardi qui pourra résister !

DON JUAN.

Je porterai de l'or !

LEPORELLO.

De l'or ?... pour l'acheter ?

DON JUAN.

Sans doute !... pourquoi pas ?... si c'est un pauvre diable ?

LEPORELLO.

C'est un sot avant tout... car, quoique misérable,
Il aime trop Stella pour jamais consentir
A la livrer...

DON JUAN.

Plus tard, il peut s'en repentir !
Essayons, per Bacco !

LEPORELLO.

Non... L'étoile ravie
De son bleu firmament, il vendra cher sa vie !

DON JUAN *(fièrement)*.

N'ai-je pas mon épée ?

LEPORELLO *(se couvrant la face).*

Ombre du Commandeur !

DON JUAN.

Eh quoi ?

LEPORELLO.

Ce souvenir me poursuit !

DON JUAN.

As-tu peur ?

— A minuit, as-tu dit ?... Il faut, à l'onzième heure,
Leporell' être prêts !... S'il résiste, qu'il meure !
— A quelle page, enfin, sont-ils de leur roman ?
Déjà se sont-ils vus à l'insu de maman ?

LEPORELLO.

Ce soir est le premier rendez-vous !

DON JUAN.

A merveille !

En murmurant bien bas des mots à son oreille...

LEPORELLO.

Ce langage d'amour, monseigneur, qui le sait
Mieux parler que vous ?...

DON JUAN.

Paix !... Leporello, que fait
Antonio ?

LEPORELLO.

L'amant ?... il attend sur la grève.
Comme tous les amants, il caresse son rêve.
L'horloge de Saint-Marc marche trop lentement
A son gré... mais bientôt l'heure d'enivrement
Arrivera...

DON JUAN.

Tais-toi... ce soir, je veux sa place ;
Je l'aurai !

LEPORELLO.

Faudra-t-il que je vous débarrasse
De lui ?... dites un mot...

DON JUAN *(souriant)*.

Comment t'y prendrais-tu ?

LEPORELLO.

Chacun a ses secrets ; les miens ont leur vertu !
A vous, l'art de charmer, de séduire ou de plaire !
A moi, de dérouter un tuteur, une mère,
D'endormir des parents, des maris, les jaloux !
Je suis votre valet ! reposez-vous sur nous !

DON JUAN.

Et je vais m'affubler d'un semblable costume ?

LEPORELLO.

Certes !... Pas d'éperons... Décrochons cette plume !

DON JUAN *(riant)*.

Je deviens lazzarone !...

LEPORELLO.

Hélas, oui, monseigneur !
Vous allez déroger !... pour elle, que d'honneur !
Vous faites beaucoup plus que Stella ne mérite...
Et vous en saura-t-elle, un jour gré, la petite ?

DON JUAN.

L'amour, Leporello, ne connaît pas cela...
Il rapproche les rangs... et puis cette Stella
Est si belle !

LEPORELLO.

Oh bien belle ! Et si jeune ! Et si sage !

DON JUAN.

Mais, je n'ai jamais, moi, demandé davantage ?
Silence, on peut venir... observe l'ennemi...

LEPORELLO.

Nous le ferons échec et mat... Rien à demi !

DON JUAN.

Je vais me travestir... Leporell' à ton rôle !
Et cent ducats pour toi, si tu réussis, drôle !

IV

SUR LA GRÈVE.

Le golfe s'embaumait des orangers en fleurs,
La brise murmurait,.. les étoiles en pleurs
Répandaient sur la terre un enivrant fluide
Tout imprégné d'amour. La mer était limpide ;
Les gondoles glissaient, et les éclats joyeux
De rires, ce soir là, s'élançaient jusqu'aux cieux.

Drapé dans son manteau, presqu'effacé par l'ombre
D'un laurier... qu'attend donc cet homme à l'aspect sombre ?
Le cadran du palais des Doges a sonné
Huit, neuf, dix, onze coups... et l'homme a frissonné...
Ne serait-ce pas l'heure ? A son impatience
On doit le pressentir... Mais bientôt il s'élance
Agité, tête basse. En marchant à grands pas
Il heurte tout à coup quelqu'un avec fracas.

— Butor ! dit une voix... eh ! n'y voyez-vous goutte,
Pour venir vous jeter en travers sur ma route ?
On pourrait passer deux, ce me semble !...

                                      — Pardon,

Répond Antonio, d'un air humble !

                             — C'est bon,

Maraud ! dit Leporell', j'ai l'humeur tracassière,
Ramasse mon chapeau tombé dans la poussière,
Ou sinon...

                   — Le voici, seigneur... excusez-moi !
Je ne vous voyais pas !...

— Impertinent, tais-toi !
Ou mieux encore, dis de quel nom on te nomme !
Croiserais-tu le fer avec un gentilhomme ?

— Je suis un lazzarone...

                        — Et ton nom, il le faut !

— A Venise chacun connaît Antonio !

— D'un lazzarone vil, une telle insolence ?
C'est avec le bâton qu'on en tire vengeance...
Et maître Antonio, que cherche-t-il céans
Pour heurter de la sorte et renverser les gens ?

— Seigneur, je me promène..

                        — En maudissant l'attente...
Vas-tu chez elle ? ou bien, vient-elle ici, l'infante ?
Que me fait après tout ?... je m'attache à tes pas...

— Il n'en est rien, seigneur !

                 — Eh ! ne m'interromps pas !
Par saint Jacques, je veux connaître ta maîtresse,
Petit Antonio... cet amour m'intéresse !

— Pardonnez-moi, seigneur, je confesse mes torts,
Qu'exigez-vous de plus ?

                 — Aurais-tu des remords ?
C'est du luxe, crois-moi !... De ta part, une injure
Ne saurait me toucher.

                 — Monseigneur, je vous jure...

— Basta ! n'en parlons plus... je verrai la beauté !
C'est mon droit, conviens-en, car je suis l'insulté,
Et je choisis mon arme... Ainsi donc, à ton aise !

— Mais personne ne doit venir, ne vous déplaise,
Monseigneur !

                 — Tu me mens !... à cette heure de nuit,
Tous les honnêtes gens dorment... Jusqu'à minuit

J'attendrai, s'il le faut... plus tard même... qu'importe !
Ma femme en se couchant aura fermé la porte !
Et je n'ai pas la clef !

           — Monseigneur, savez-vous
Que vous agissez mal !

               — Fi ! le vilain jaloux !
Craindrais-tu de me voir aller sur tes brisées ?

— Vous avez, monseigneur, vous, des amours aisées !
Si votre or aplanit toute difficulté,
Pour nous, c'est différent, car notre pauvreté
Nous rive à des liens qui durent notre vie !
Je l'aime !..

          — C'est qu'alors ta maîtresse est jolie !

— Vous raillez, monseigneur ; je l'aime éperduement,
Et ne souffrirai pas...

          — Des menaces, vraiment ?

— Vous savez mon secret!...

        — Quand vient-elle?... à quelle heure?
La demie a sonné... blasphème, crie ou pleure...
Je ne t'écoute plus !... J'ai dit : je veux la voir !

Antonio blémit... et l'on vit son œil noir,
Perçant l'obscurité comme un éclair d'orage,
S'illuminer soudain d'une flamme de rage.

— Où? fit Leporello, perche-t-il, cet oiseau?
Où ? réponds et partons... réponds, Antonio ?

Le lazzarone alors, secouant un long rêve,
Se dressa furieux, frappa du pied la grève,
De son gosier sortit un cri rauque et strident
Qui n'avait rien d'humain. — Leporell' l'entendant,
Sentit comme un frisson courir sur l'épiderme,
Et ses os craquer sous un poignet rude et ferme...
Il était terrassé...

— Misérable, ton sort
Est dans mes mains, regarde !... Ah ! vous croyez, vous autres,
Que nos amours, à nous, ne valent pas les vôtres,
Qu'on peut broyer nos cœurs sans pitié !... Notre tort,
Savez-vous, à nous peuple, est d'avoir l'âme basse
En ne vous crachant pas, hautement, à la face,
Aux clartés du soleil, vos lâches trahisons
Et vos nocturnes rapts... Si nous agonisons...
(Vous profitez de tout ! même de nos détresses),
Infâmes et voleurs, vous prenez nos maîtresses,
Nos femmes !... J'en tiens un... je jure, entendez-vous,
Que vous allez payer, à cette heure, pour tous ! ..
Tu voulais, n'est-ce pas, m'enlever Stella, traître ?...

— Répondre est malaisé ! vous m'étranglez, mon maître !
Ne serrez pas si fort !
                                        — Eh bien, relève-toi,
Et tremble de mentir !... pas de détour !... dis-moi
Ce que tu prétendais faire !... Une gueuserie,
Sans doute?

— Calmez-vous !... pure plaisanterie !...
Vous êtes un peu vif !... je ne vous cache point
Que vous froissez ma fraise et tachez mon pourpoint...
Voyez !...

      — Parleras-tu ?

          — Là, prenez patience !
Maître, dans chaque mot vous flairez une offense !

Leporell' s'est baissé, puis feignant un faux pas,
Se relève, et lui plonge un stylet dans le bras...
Il fuit, Antonio le suit... Perdons leur trace !

A quoi rêve Stella, seule sur la terrasse ?

V

La lune se cachait derrière les Cedrats ;
Juan, le faux lazzarone, avance pas à pas...
Il est au pied du mur... il franchit la terrasse
D'un saut... L'obscurité seconde son audace ;
Stella reste muette... a des pressentiments...
Elle veut se soustraire à ses embrassements...

— Ne te dérobe pas à ma vue éblouie,
A murmuré Don Juan ; mon idole, ma vie !..
Le doux chant des oiseaux dans l'épaisseur des bois,
Moins suave à l'oreille, est moins cher que ta voix.
Parle, ma bien-aimée, et que cette harmonie
Pénètre tous mes sens comme une symphonie.
O Stella, mon amante, ô soleil radieux !
Un bonheur plus immense existe-t-il aux cieux ?

Et Don Juan palpitant, par un pouvoir magique
Endort la pauvre enfant d'un sommeil magnétique.

Elle échappe pourtant encore de ses bras :

— Non, non, Antonio... non, vous ne m'aimez pas !
J'avais tort d'écouter, tantôt, votre prière !
Pourquoi refusez-vous de parler à ma mère ?
Je fais mal, et cela mérite un châtiment
De Dieu qui nous entend !... Peut-être en ce moment
Va-t-il nous foudroyer !

—- Ne crains rien, tu t'abuses !

—- Ami, si vous saviez, pour vous voir que de ruses !

—- Merci, mon adorée, oh ! mille fois merci !

—- Du jour où je vous vis, vous me plûtes ainsi !

En vous, Antonio, tout trahit la franchise ..

Vous ne voudriez pas tromper la foi promise...

Vous reviendrez demain... Ma mère, Antonio,

Saura de votre bouche....

                  — Oui demain...

                              — Il le faut !

Je mourrais de garder plus longtemps le silence...

Ma mère est ma meilleure amie... et quand je pense

Qu'elle ignore...

                Stella, dans un transport charmant

Se jeta tout en pleurs au cou de son amant,

Et Don Juan savoura cette extase adorable ;

Puis il lui répondit :

                    — Un amour est coupable,

Ma Stella, quand le cœur rêve une trahison !...

Douterais-tu du mien?... Ma petite maison

Est à deux pas d'ici .. Si tu voulais, mon ange...

— Suis-je votre femme ?

        — Oh ! ton scrupule est étrange !
Ne t'ai-je pas donné toute mon âme ?... eh bien ?

— Que nous serions heureux !...

        -- Stella !... ma Stella, viens !
Non, tu ne m'aimes pas !...

        — Vous savez le contraire !

-- Alors qui te retient ?...

        -- Oh ! ma mère, ma mère !

— Ta mère, mon enfant, nous bénira tous deux
Demain... Stella !...

        --- Jamais !

        Don Juan, d'un bras nerveux
La pressa sur son sein... voluptueuse étreinte
Où la plus pure, hélas, n'a ni force ni crainte,
Et ne résiste plus !... Tout à coup une voix
A retenti derrière une cloison de bois.

— Ma fille... qu’as-tu dit? réponds-moi... ce silence...

— C’est elle, Antonio !

        — Tais toi... quelle imprudence !
Reprit Juan... plus un mot... Le fàcheux contretemps !
Si ta mère savait !... ne donne pas l’alerte,
Qu’adviendrait-il, grand Dieu ?... La fenêtre est ouverte,
Bien-aimée, ô Stella !... viens, suis-moi, je descends !

— Oh ! ma mère, pardon !...

        Ses yeux baignés de larmes
Et sa voix suppliante avaient doublé ses charmes.

— Je t’attends, mon amour !

        Et la timide enfant,
Comme le rossignol qu’attire le serpent,
Le suit sur le balcon... puis, bientôt, dans la rue,
Don Juan reçoit Stella dans ses bras, éperdue.

Sa mère se rendort, croyant avoir rêvé...

Enfer, réjouis-toi, ton œuvre est achevé !...

VI

A quoi tiennent destin et bonheur sur la terre !
Stella n'a pas aimé !... Vivant toute en sa mère,
Elle ignore la vie. — Il a fallu qu'un soir,
Antonio la vît ! — Par un mystère étrange !
(Qui pourrait pénétrer de tels secrets ?) cet ange,

Ainsi que par l'éclair qui sillonne un ciel noir,
Faisant jaillir à flots la lumière féconde,
Stella fut éblouie !... Impression profonde
Sur son cœur, et semblable à celle du burin
Qui grave pour toujours sur le marbre ou l'airain.
Jour néfaste et fatal !... Stella, bouleversée,
Devint triste, rêveuse, et n'eut qu'une pensée,
Voir le beau lazzarone !... et lorsqu'Antonio
Par hasard arrivait auprès d'elle... aussitôt
Elle baissait les yeux, et croyait, l'ingénue,
Ne le regardant pas, ne pas en être vue !

Pudeur, chaste Déesse, adorée autrefois,
De nos jours on t'immole et nul n'entend ta voix.

VII

Allons, Pudeur, debout!... Notre siècle de lie,
A sapé tes autels, et ton culte, on l'oublie !
On rit de la vertu, le vice est triomphant,
La famille se meurt!... Qui dirige l'enfant?

Lorsque la passion dans le cœur se déchaîne,
Fait déborder en nous ou l'amour ou la haine,
Quelle digue opposer à nos sens révoltés?

— Le chaste enseignement donné dans la famille
Par le père à son fils, par la mère à sa fille...

Seul, il terrassera toutes les lâchetés.

I

Cette vierge a grandi sous les yeux de sa mère,
Au paisible foyer. Une parole austère
A toujours descendu sur son front virginal.
On craignait de troubler sa limpide innocence,
Pur cristal !... Tout à coup, ô sublime imprudence,
Elle passe au lit conjugal !

II

Transition brutale ! — Ebloui par ses charmes,
Un satyre aviné, sans respect pour ses larmes,
Déchire chaque voile, offense sa pudeur ;

Dans son emportement lascif et frénétique,
Du temple trois fois saint il souille le portique,
    Et semble fier de tant d'ardeur !

III

Que de maris l'on voit, dans leur stupide ivresse,
S'oublier et traiter en vulgaire maîtresse
Leur compagne d'hier... étaler à ses yeux,
Pour réveiller leurs sens, des images obscènes,
Evoquer à plaisir de ces choses malsaines,
    Souvenirs des plus mauvais lieux !

IV

Race dégénérée, espèce décrépite,
Sans vergogne, sans foi, bêtement sybarite !
Vous semez de l'ivraie, attendez la moisson !
A qui vous plaindrez-vous de la trouver stérile ?
A-t-il jamais suffi d'avoir un champ fertile ?
    Il faut lui donner la façon !

V

Pour faire respecter la femme que l'on aime
On devrait tout d'abord la respecter soi-même !...
Devant elle, jamais d'équivoques propos,
De mots à double sens, de grossières saillies !
Ces impuretés-là, trop souvent recueillies
    Ouvrent la porte à tous les maux

VI

Si la femme a l'instinct des plus grands sacrifices,
Elle outre également les vertus et les vices ;
Elle s'en pare même, et se riant de tout,
Elle hait sans pitié, comme elle aime avec rage !
Pour se déshonorer quel n'est pas son courage ?
    Sa force n'est jamais à bout ! (*)

(*) Fortem animum præstant rebus quas turpiter audent !
JUVENAL, Mulieres.

VII

Pudeur, voile ta face, ô ma chaste Déesse !
Bassement on emprunte à ta douce tristesse,
A ton air digne et calme, à ton noble maintien,
Une allure hypocrite, un masque d'imposture,
Et si cet attirail couvre mal la luxure,

    Qu'il trompe encor d'hommes de bien !

VIII

I

Quant à moi, je préfère à cette comédie,
Le cynisme effronté de la fille hardie
Qui fait l'œil aux passants !
Ces filles-là n'ont pas besoin de proxénètes,
Et nul ne les prendra pour des femmes honnêtes
A leurs airs agaçants !

I I

Elles sont franchement ce qu'elles veulent être
Impures .. et de plus, fières de le paraître.
Pour elles, c'est un jeu !
Ecoutez-les parler : « Nous voulons être belles,
» De nos ardents regards tirer des étincelles
» Qui mettent tout en feu !

I I I

» Est-ce un crime si grand de chercher à vous plaire ?
» Quand vous êtes repus, vous nous laissez... Que faire,
» Seules à la maison ?
» Nous y mourons d'ennui... Quelle bouffonnerie !
» Et vous nous reprochez notre coquetterie ?
» Vous perdez la raison !

I V

» Vous avez le théâtre, et les bals... et les fêtes. .
» Tous les plaisirs enfin !... cela monte nos têtes,

» Soyez de bonne foi !

» Tout à vous, rien pour nous !... votre part est trop belle,

» Ne vous étonnez pas, si de votre tutelle

» Nous enfreignons la loi ? »

V

Prenez garde !... A tourner autour de la chandelle,

Comme les papillons, vous vous brûlerez l'aile !

Jouer avec le feu,

Madame, y pensez-vous ?... Quelle est votre imprudence ?

On s'engage en riant... puis une inconséquence

Vous compromet un peu !

V I

L'intrigue s'est nouée... et lentement chemine,

Souterraine d'abord... bientôt saute la mine !

Alors gare dessous !

Les proches, les voisins, ont des éclaboussures,

Mais, ne l'oubliez pas, les plus grandes souillures

Rejailliront sur vous !

VII

Or, si dans vos regards, l'impur désir ne couve,
Et si vous n'avez pas des appétits de louve,
    Faites différemment !
Madame, refrenez votre humeur trop badine,
A vos légèretés mettez une sourdine,
    C'est agir sagement !

IX

Stella, Don Juan fuyaient. — La rue était déserte,
La nuit silencieuse... et qui les eût vus, certe,
Ne se fût pas mépris à leurs airs d'amoureux,
L'un vers l'autre penchés, tant ils semblaient heureux !
Car le bras de Stella s'enlaçait avec force
A celui de Don Juan, de même qu'à l'écorce
D'un vigoureux ormeau, la liane des bois.

— Où me conduisez-vous, dit-elle, d'une voix
Qu'en vain elle cherchait à rendre moins tremblante ?

— N'es-tu pas avec moi ?... Que crains-tu, ma charmante ?
Répond Juan...

Tout à coup, proche de l'escalier
D'une église, surgit dans l'ombre d'un pilier,
Un homme menaçant... il se tient immobile,
Muet... Tout en lui prend une attitude hostile...
En les voyant passer, son œil devient hagard
Et ses ongles sanglants labourent sa poitrine...
Ils se sont éloignés !... Il saisit son poignard,
Se jette sur leur trace... A son air on devine
Qu'il couve au fond du cœur un noir ressentiment...
Il les voit... devant eux se plante hardiment :

— Pour la seconde fois, dit Juan, c'est vous, mon maître !...
Ici que faites-vous ?... Allons place !... Peut-être
As-tu faim... et veux-tu quelques maravédis ?

Parle... en voilà... tiens !... mais, prenez garde, bandits,
Il m'arrive parfois d'avoir l'humeur maussade...
J'en tuai deux de vous, hier, dans une embuscade !...

L'homme ne bougeait pas.

     — Eh bien ! l'homme, entends-tu ?
Fais place !... Tu serais à ce point-là tètu,
Qu'il faudrait te charger du plat de mon épée ?...
Dérange-toi, voleur !...

    Et, d'une main crispée,
Don Juan secouait l'homme... A l'instant, celui-ci
Reconnut Stella...

    — Moi, voleur ?... voleur aussi,
Mille fois plus encor, s'écria-t-il, l'infàme
Qui traîtreusement prend, pour tromper une femme,
Et ma voix et mon nom !

                        — Antonio ! c'est toi,
Dit Stella faiblement... Ami, délivre-moi !

Et sa tête, ployant comme un rameau de saule,
S'affaisse sur Don Juan, tombe sur son épaule...
Elle est mourante !... Alors, on put voir dans la nuit
Ces hommes, transportés d'une aveugle furie,
Se défier, cherchant à s'arracher la vie !...
Lutte terrible, impie !... Antonio poursuit
Don Juan de son poignard... le hardi gentilhomme
Soutient Stella d'un bras... et, l'épée à la main,
S'efforce vainement à se faire un chemin !...
Agile, Antonio le harcèle... le nomme :
(Leporell' a tout dit !...)

                        — Ah ! lâche ravisseur !
Lorsque mon cœur brisé, dans les larmes se noie,
Perfide, tu viendrais, comme un oiseau de proie,
T'abattre impunément et m'enlever ma sœur,
Ma fiancée ?... A toi !

Rugissant de colère,
Ivre, l'Antonio porte à son adversaire,
Qui pare adroitement, un coup mal assuré...

— Eh ! eh ! dit Juan, ceci passe la raillerie.
Je voulais t'épargner, mais ce serait folie
Maintenant !... défends-toi, manant !...

— Bon gré, mal gré,
Répond le lazzarone, il me faut mon amante,
Et moi vivant, jamais tu ne l'auras vivante !

Le lazzarone alors, ainsi qu'un ouragan
Aveugle en sa fureur, par une nuit d'orage,
Brise tout sans merci, se jette sur Don Juan...
Celui-ci le désarme... et tous deux avec rage
S'étreignent... Le combat fut long et meurtrier...
Antonio vaincu, râlant et hors d'haleine,
N'a plus qu'un seul désir... c'est d'assouvir sa haine.

Saisissant son poignard dans un effort dernier,
Il rampe sur les mains et vers Stella s'avance...
Son bras se lève... il va consommer sa vengeance...
Juan suit ses mouvements... il pousse un cri d'horreur,
De nouveau le désarme et lui perce le cœur !...

X

Amour, malheur immense, exécrable folie,

Toi qu'un lien de fer à plus d'un être lie,

Sois maudit mille fois ;

Que la science expire ou que l'amitié feinte

Ensemble notre cœur de sa fatale étreinte,

Sois maudit par ma voix !!